| | | |
|---|---|---|
| 一九〇一 | 二十四さい | 六月《がつ》、家《いえ》を出《で》て東京《とうきょう》の鉄幹《てっかん》のもとへ行《い》く<br>八月《がつ》、歌集《かしゅう》『みだれ髪《がみ》』を出版《しゅっぱん》する<br>十月《がつ》、鉄幹《てっかん》と正式《せいしき》に結婚《けっこん》する |
| 一九〇二 | 二十五さい | 長男《ちょうなん》の光《ひかる》が生《う》まれる |
| 一九〇四 | 二十七さい | 日露戦争《にちろせんそう》がはじまり、『明星《みょうじょう》』に「君死《きみし》にたまふことなかれ」を発《はっ》表《ぴょう》する |
| 一九一一 | 三十四さい | 鉄幹《てっかん》がヨーロッパへ行《い》く |
| 一九一二 | 三十五さい | 五月《がつ》にパリへ行《い》き、十月《がつ》に帰国《きこく》する<br>『新訳源氏物語《しんやくげんじものがたり》』の刊行《かんこう》をはじめる |
| 一九二三 | 四十六さい | 関東大震災《かんとうだいしんさい》で『源氏物語《げんじものがたり》』現代語訳《げんだいごやく》の原稿《げんこう》をうしなう |
| 一九三八 | 六十一さい | 『新新訳源氏物語《しんしんやくげんじものがたり》』の刊行《かんこう》をはじめる |
| 一九四二 | 六十五さい | 五月《がつ》二十九日《にち》、病気《びょうき》でなくなる |

## この本《ほん》について

『よんで しらべて 時代《じだい》がわかる ミネルヴァ日本《にほん》歴史人物伝《れきしじんぶつでん》』シリーズは、日本《にほん》の歴史上《れきしじょう》のおもな人物《じんぶつ》をとりあげています。

前半《ぜんはん》は史実《しじつ》をもとにした物語《ものがたり》になっています。有名《ゆうめい》なエピソードを中心《ちゅうしん》に、その人物《じんぶつ》の人生《じんせい》や人《ひと》がらなどを楽《たの》しく知《し》ることができます。

後半《こうはん》は解説《かいせつ》になっていて、人物《じんぶつ》だけでなく、その人物《じんぶつ》が生《い》きた時代《じだい》のことも紹介《しょうかい》しています。物《もの》語《がたり》をよんだあとに解説《かいせつ》をよめば、より深《ふか》く日本《にほん》の歴史《れきし》を知《し》ることができます。

歴史《れきし》は少《すこ》しにがてという人《ひと》でも、絵本《えほん》をよんで楽《たの》しく学《まな》ぶことができます。歴史《れきし》に興味《きょうみ》がある人《ひと》は、解説《かいせつ》をよむことで、さらに歴史《れきし》にくわしくなれます。

＊絵本部分《えほんぶぶん》の季節《きせつ》や花《はな》などは、画家《がか》の創造力《そうぞうりょく》を生《い》かしたものとなっています。

## ■解説《かいせつ》ページの見《み》かた

人物《じんぶつ》についてくわしく解説《かいせつ》するページと時代《じだい》について解説《かいせつ》するページがあります。

文中《ぶんちゅう》の青《あお》い文字《もじ》は、31ページの「用語解説《ようごかいせつ》」で解説《かいせつ》しています。

写真《しゃしん》や地図《ちず》など理解《りかい》を深《ふか》める資料《しりょう》をたくさんのせています。

「もっと知《し》りたい！」では、その人物《じんぶつ》にかかわる博物館《はくぶつかん》や場所《ばしょ》、本《ほん》などを紹介《しょうかい》しています。

「豆《まめ》ちしき」では、人物《じんぶつ》のエピソードや時代《じだい》にかんする基礎知識《きそちしき》などを紹介《しょうかい》しています。

よんでしらべて時代がわかる
ミネルヴァ 日本歴史人物伝

# 与謝野晶子《よさのあきこ》

情熱をうたいあげた歌人

監修 安田常雄
文 西本鶏介
絵 宮嶋友美


もくじ




ミネルヴァ書房

# 君《きみ》死《し》にたま《も》ふ《う》ことなかれ

やは肌《はだ》のあつき血潮《ちしお》にふれもみで
さびしからずや道《みち》を説《と》く君《きみ》
（女性《じょせい》のやわらかい肌《はだ》にはもえるようなあつい血《ち》がながれています。その情熱《じょうねつ》にふれてみることもしないでお説教《せっきょう》ばかりしているあなたはさみしくないですか。）

その子《こ》二十《はたち》櫛《くし》にながるる黒髪《くろかみ》の
おごりの春《はる》のうつくしきかな
（そのむすめはいま二十さい。くしですく黒《くろ》髪《かみ》はながれるように美《うつく》しく豊《ゆた》かで、ほこらしいほど青春《せいしゅん》の美《うつく》しさにあふれています。）

これは与謝野晶子《よさのあきこ》の最初《さいしょ》の歌集《かしゅう》『みだれ髪《がみ》』におさめられている有名《ゆうめい》な短歌《たんか》です。なんとつやっぽく大《だい》たんな表現《ひょうげん》でしょう。男《おとこ》も女《おんな》も平等《びょうどう》ないまとはちがい、この歌集《かしゅう》が出版《しゅっぱん》された一九〇一年《ねん》（明治《めいじ》三十四年《ねん》）ごろはまだ、女性《じょせい》の主張《しゅちょう》や権利《けんり》がみとめられていませんでした。「男女七《だんじょなな》さいにして、席《せき》をおなじゅうせず」といわれ、女性《じょせい》はおとなしく、つつしみ深《ぶか》くふるまい、恋愛《れんあい》することさえ、ふしだらと批判《ひはん》されました。女性《じょせい》のからだをやわ肌《はだ》とよび、自分《じぶん》の黒髪《くろかみ》の美《うつく》しさをほこるなんて、とんでもなくはずかしいことと思《おも》われていました。

　にもかかわらず、晶子《あきこ》はなんのとまどいもなく、自分《じぶん》の心《こころ》にあふれるものをのびのびと歌《うた》いあげています。短歌《たんか》という文学《ぶんがく》をとおして人間《にんげん》らしく生《い》きることを主張《しゅちょう》し、みずから女性解放《じょせいかいほう》の道《みち》を歩《あゆ》もうとしたのです。

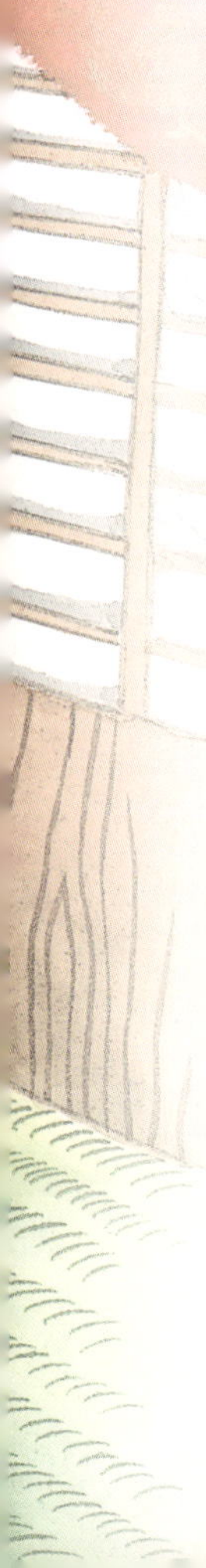

晶子《あきこ》は一八七八年《ねん》（明治《めいじ》十一年《ねん》）、大阪《おおさか》の堺《さかい》というところにあった老舗《しにせ》の菓子屋《かしや》、駿河屋《するがや》の三女《じょ》に生《う》まれました。商家《しょうか》のおじょうさんとしてたいせつに育《そだ》てられ、子《こ》どものころから本《ほん》をよむのが大好《だいす》きでした。女学校《じょがっこう》を卒業《そつぎょう》したあと、店《みせ》の手伝《てつだ》いをしながら小説《しょうせつ》や古典《こてん》をよんでいるうちにいつしか短歌《たんか》をつくるようになり、町《まち》の歌会《うたかい》へ出席《しゅっせき》したり、自分《じぶん》の短歌《たんか》を雑誌《ざっし》へ投稿《とうこう》したりしました。

晶子《あきこ》のあこがれは詩人《しじん》でも歌人《かじん》でもある五つ年上《としうえ》の与謝野鉄幹《よさのてっかん》という人《ひと》でした。鉄幹《てっかん》の作品《さくひん》は若《わか》わかしくて男《おとこ》らしく、ロマンチックなかおりにあふれていました。これまでの伝統的《でんとうてき》な詩《し》や歌《うた》でなく、人間《にんげん》の心《こころ》の奥《おく》にあるものを自由《じゆう》に新鮮《しんせん》な感覚《かんかく》でうたえと主張《しゅちょう》し、そのための文学集団《ぶんがくしゅうだん》「東京新詩社《とうきょうしんししゃ》」を結成《けっせい》し、『明星《みょうじょう》』という雑誌《ざっし》を創刊《そうかん》しました。その『明星《みょうじょう》』にのっている作品《さくひん》はどれもが解放的《かいほうてき》な夢《ゆめ》があり、情感《じょうかん》ゆたかなことばで人生《じんせい》のよろこびやかなしみをうたいあげていました。

「なんてすばらしい。わたしもこんな作《さく》品《ひん》をつくってみたい。」

晶子《あきこ》は詩《し》や短歌《たんか》をつくっては『明星《みょうじょう》』へ投稿《とうこう》するようになり、はやくも第二号《だいにごう》には「花《はな》がたみ」と題《だい》した短歌《たんか》が六首《しゅ》も採用《さいよう》されました。晶子《あきこ》は天《てん》にものぼるここちでした。鉄幹《てっかん》が自分《じぶん》の作品《さくひん》をよんでいてくれると思《おも》うだけで胸《むね》があつくなり、まだあってもいないのに好《す》きだという気《き》持《も》ちが強《つよ》くなっていきました。

その鉄幹《てっかん》が大阪《おおさか》へ講演《こうえん》にくるときいて、もうがまんができませんでした。鉄幹《てっかん》のとまっている旅館《りょかん》へ女中《じょちゅう》をつれて、晶子《あきこ》はあいにでかけたのです。こわくてちかづきがたい人《ひと》と思《おも》っていたのに、鉄幹《てっかん》はおだやかでやさしそうな人《ひと》でした。

「わたしは、古《ふる》くさくて弱《よわ》よわしい女性的《じょせいてき》な歌《うた》を批判《ひはん》し、男《おとこ》らしく情《じょう》熱《ねつ》にあふれた歌《うた》をつくれといってきました。しかし、情熱《じょうねつ》は男《おとこ》だけがもつものではありません。女性《じょせい》にだって情熱《じょうねつ》がある。その情熱《じょうねつ》のままに人《ひと》を愛《あい》するよろこび、なにものもおそれない人間《にんげん》のまことのあこがれを高《たか》らかにうたいあげなくてはなりません。みんながきそいあって、新《あたら》しい詩《し》や短歌《たんか》を生《う》みだすのです。」

そのきびしくもさわやかな話《はな》しかたに晶子《あきこ》はすっかり心《こころ》をうばわれてしまい、

「わたしはぜったいこの人《ひと》の恋人《こいびと》、
いや妻《つま》になる。」

と決意《けつい》するのでした。ゆたかな黒髪《くろかみ》にくっきりとしたまゆ、きらきらとかがやく目《め》にきりっとむすばれた口《くち》もと。その勝気《かちき》で才気《さいき》にみちた晶子《あきこ》の顔《かお》は、鉄幹《てっかん》にとってもわすれがたいものとなりました。とりわけ晶子《あきこ》の生《う》みだす短歌《たんか》は、鉄幹《てっかん》もかなわない、若《わか》い女性《じょせい》ならではのほんぽうな空想力《くうそうりょく》とあでやかな感情《かんじょう》にあふれていました。恋《こい》のためならいのちをかけてもおしくないと思《おも》うはげしさが脈《みゃく》うっています。その文学的才能《ぶんがくてきさいのう》には目《め》を見《み》はるものがありました。

鉄幹《てっかん》は妻《つま》とわかれ、晶子《あきこ》と結婚《けっこん》したいと思《おも》いました。晶子《あきこ》もまた鉄幹《てっかん》への恋心《こいごころ》がもえあがっていくばかりです。恋愛《れんあい》もゆるされない時代《じだい》に、妻子《さいし》ある人《ひと》と結婚《けっこん》するなんて世間《せけん》の笑《わら》い者《もの》です。両親《りょうしん》が反対《はんたい》するに決《き》まっています。しかし、世間《せけん》の常識《じょうしき》や古《ふる》い考《かんが》えにこだわっていては自分《じぶん》の心《こころ》に忠実《ちゅうじつ》な生《い》きかたをすることはできません。

（世間《せけん》や親《おや》からなんといわれようと、わたしは鉄幹《てっかん》の妻《つま》になり、新《あたら》しい文学《ぶんがく》の道《みち》を歩《あゆ》んでいく。）

そう心《こころ》に決《き》めた晶子《あきこ》は二十四さいのとき、家《いえ》を出《で》て上京《じょうきょう》し、妻《つま》とわかれた鉄幹《てっかん》のもとへ行《い》きました。そしてはじめての歌集《かしゅう》『みだれ髪《がみ》』を東京新詩社《とうきょうしんししゃ》より出版《しゅっぱん》したあと、正式《せいしき》に与謝野鉄《よさのてっ》幹《かん》の妻《つま》となりました。

鉄幹《てっかん》のよく知《し》られている詩《し》に「人《ひと》を恋《こ》ふる歌《うた》」というのがあります。十六連《れん》からなる長《なが》い詩《し》ですが、その第《だい》一連《れん》はつぎのように歌《うた》われています。

妻《つま》をめとらば才《さい》たけて
みめうるは《わ》しくなさけある
友《とも》をえらばば書《しょ》をよんで
六分《ぶ》の侠気《きょうき》四分《ぶ》の熱《ねつ》

（妻《つま》をもらうなら才能《さいのう》と知恵《ちえ》にすぐれ、顔《かお》が美《うつく》しくて愛情《あいじょう》の深《ふか》い女性《じょせい》がいい。友《とも》だちをえらぶなら六分《ぶ》の男《おとこ》らしさと四分《ぶ》の情熱《じょうねつ》をもつ男性《だんせい》がいい。）

この詩《し》のとおり晶子《あきこ》はまさに鉄《てっ》幹《かん》にとって理想《りそう》の妻《つま》でした。世間《せけん》からのきびしい批判《ひはん》にもたえて、晶子《あきこ》はつぎつぎとすぐれた歌《うた》を発《はっ》表《ぴょう》し、『明星《みょうじょう》』の女王《じょおう》とよばれるようになりました。

結婚《けっこん》して三年《ねん》後《ご》の一九〇四年《ねん》（明治《めいじ》三十七年《ねん》）、日露戦争《にちろせんそう》がはじまると、晶子《あきこ》よりふたつ年下《としした》の弟《おとうと》、籌三郎《ちゅうさぶろう》にも召集令状《しょうしゅうれいじょう》が来《き》て、ロシア艦隊《かんたい》の基地《きち》である旅順《リュイシュン》というところへおくられました。籌三郎《ちゅうさぶろう》は駿河屋《するがや》の店《みせ》をまかされ、去年《きょねん》の夏《なつ》、嫁《よめ》をもらったばかりです。子《こ》どものときから晶子《あきこ》と仲《なか》がよく、姉《ねえ》さん思《おも》いのやさしい弟《おとうと》でした。

（いかにお国《くに》のためといっても、どうしてわたしのたいせつな弟《おとうと》まで出征《しゅっせい》しなくてはいけないのか。もし、戦死《せんし》するようなことになっては……。）

そう思《おも》うと、いてもたってもいられません。弟《おとうと》へのせつない思《おも》いがあふれてきて、一気《いっき》にふでを走《はし》らせました。

ああを《お》とうとよ　君《きみ》を泣《な》く
君死《きみし》にたま《も》ふ《う》　ことなかれ
末《すえ》に生《う》まれし君《きみ》なれば
親《おや》のなさけはまさりしも
親《おや》は刃《やいば》をにぎらせて
人《ひと》を殺《ころ》せとを《お》しへ《え》しや
人《ひと》を殺《ころ》して死《し》ねよとて
二十四までをそだてしや

（ああ、弟《おとうと》よ。わたしはおまえのために泣《な》いています。決《けっ》して死《し》んではいけません。末《すえ》っ子《こ》に生《う》まれたおまえだからほかの子《こ》よりも親《おや》の愛情《あいじょう》は深《ふか》いはずです。その親《おや》がおまえに刃《やいば》をにぎらせて人《ひと》を殺《ころ》せ、人《ひと》を殺《ころ》してみずからも死《し》ねよと二十四さいまで育《そだ》ててきたのですか。決《けっ》してそんなことはありません。）

こうしたかきだしではじまる「君《きみ》死《し》にたま《も》ふ《う》ことなかれ」という詩《し》は五連《れん》（全部《ぜんぶ》で四十行《ぎょう》）からできています。なかでも三連目《れんめ》はだれもが口《くち》にできないはげしいことばで戦争《せんそう》のおろかさを語《かた》っています。

君《きみ》死《し》にたま《も》ふ《う》ことなかれ
すめらみことは戦《たたか》ひ《い》に
おほみづからは出《い》でまさね
かたみに人《ひと》の血《ち》を流《なが》し
獣《けもの》の道《みち》に死《し》ねよとは
死《し》ぬるを人《ひと》のほまれとは
大《おお》みこころの深《ふか》ければ
もとよりいかで思《おぼ》されむ《ん》

(おまえは決《けっ》して死《し》んではいけません。天皇《てんのう》はみずから戦争《せんそう》にお出《で》かけにならないけれど、おたがいに人《ひと》の血《ち》をながし、けものの道《みち》に死《し》ねとは、死《し》ぬことが人《ひと》の名誉《めいよ》だとは、もとより思《おも》ってもいらっしゃらないでしょう。お慈悲《じひ》の深《ふか》いお方《かた》ですから。)

明星
ここには、夏至
くて、その樂むところにいそしみぬ

自分《じぶん》の詩《し》に天皇《てんのう》を登場《とうじょう》させるとは、なんとおそれ多《おお》くて勇気《ゆうき》のいることでしょう。しかし、晶子《あきこ》はひるみませんでした。真実《しんじつ》の思《おも》いを歌《うた》うのがすぐれた詩人《しじん》であり、歌人《かじん》であるからです。予想《よそう》どおりこの詩《し》が『明星《みょうじょう》』に発表《はっぴょう》されるや、たちまちきびしい批判《ひはん》があびせられました。

「国《くに》がほろんでも家《いえ》がだいじ、妻《つま》がだいじ、商人《しょうにん》は戦《たたか》う義務《ぎむ》がないとでもいうのか。天皇《てんのう》は宮中《きゅうちゅう》に落《お》ちついていて、死《し》ぬのが名誉《めいよ》と人《ひと》の子《こ》をかりたてる無慈悲《むじひ》なお心《こころ》のもち主《ぬし》なんてとんでもない。これは忠君愛国《ちゅうくんあいこく》の精《せい》神《しん》に反《はん》する危険《きけん》な考《かんが》えかただ。」

というのです。しかし、晶子《あきこ》は引《ひ》きさがることなく『明星《みょうじょう》』の誌上《しじょう》できっぱりと反論《はんろん》の文章《ぶんしょう》を発表《はっぴょう》しました。

「わたしは少女《しょうじょ》の心《こころ》をたいせつにして育《そだ》ちました。少女《しょうじょ》という者《もの》はだれでも戦争《せんそう》がきらいです。天皇《てんのう》を批判《ひはん》したり、国《くに》の政治《せいじ》に反対《はんたい》するため、この詩《し》をかいたのではありません。わたしはひとりの平凡《へいぼん》な兵士《へいし》の姉《あね》として弟《おとうと》を愛《あい》するまことの心《こころ》をまことの声《こえ》に出《だ》してうたいあげただけです。」

どんなことがあっても人間《にんげん》としての愛《あい》のまことをつらぬく強《つよ》さとやさしさ。晶子《あきこ》は弟《おとうと》ばかりか夫《おっと》や子《こ》どもたちに対《たい》してもこれをもちつづけたのです。生《しょう》涯《がい》の恋人《こいびと》であった鉄幹《てっかん》とのあいだになんと十三人《にん》もの子《こ》どもが生《う》まれ、十一人《にん》を育《そだ》てました。しかも苦《くる》しい家計《かけい》を助《たす》けてはたらきながらすぐれた歌《うた》をつくり、小説《しょうせつ》や童話《どうわ》をかき、『源氏物語《げんじものがたり》』の現代語訳《げんだいごやく》まで手《て》がけるという活躍《かつやく》ぶりです。

さらには人間性《にんげんせい》の解放《かいほう》をとなえ、男《だん》女《じょ》の差《さ》のない社会《しゃかい》をねがって、古《ふる》い家《か》族制度《ぞくせいど》への批判《ひはん》から教育問題《きょういくもんだい》、夫婦問《ふうふもん》題《だい》など、さまざまな意見《いけん》をのべています。与謝野晶子《よさのあきこ》はまさに妻《つま》としても母《はは》としてもかんぺきな肝《きも》っ玉《たま》かあさんみたいな人《ひと》といえそうです。

# 与謝野晶子《よさのあきこ》って どんな人《ひと》?

**自分《じぶん》の思《おも》いを大《だい》たんに表現《ひょうげん》し、「情熱《じょうねつ》の歌人《かじん》」と呼《よ》ばれた与謝《よさ》野晶子《のあきこ》の人生《じんせい》を見《み》てみましょう。**

## 老舗《しにせ》の和菓子屋《わがしや》のむすめとして

一八七八年《ねん》十二月七日《がつなのか》、与謝野晶子《よさのあきこ》は大阪府堺市《おおさかふさかいし》で生《う》まれました。父《ちち》は鳳《ほう》宗七《そうしち》、母《はは》はつね。祖父《そふ》の代《だい》からつづく「駿河屋《するがや》」という和菓子屋《わがしや》の三女《じょ》でした。本名《ほんみょう》は「志《し》よう」といい、のちにおなじ音《おと》の「晶《しょう》」という字《じ》をもちいて「晶子《あきこ》」と名《な》のったそうです。

十代《じゅうだい》のはじめから店《みせ》の手《て》つだいをしていた晶子《あきこ》は、やがて帳簿《ちょうぼ》つけ、お菓子《かし》づくり、店番《みせばん》などをこなし、駿《する》河屋《がや》になくてはならない存在《そんざい》になっていきました。いそがしいなかでも、読書《どくしょ》好《ず》きの晶子《あきこ》は、あいた時間《じかん》を見《み》つけて本《ほん》をよみました。父《ちち》が集《あつ》めていた『源《げん》氏物語《じものがたり》』などの物語《ものがたり》、和歌集《わかしゅう》から、新《あたら》しい小説《しょうせつ》などもよくよんでいました。

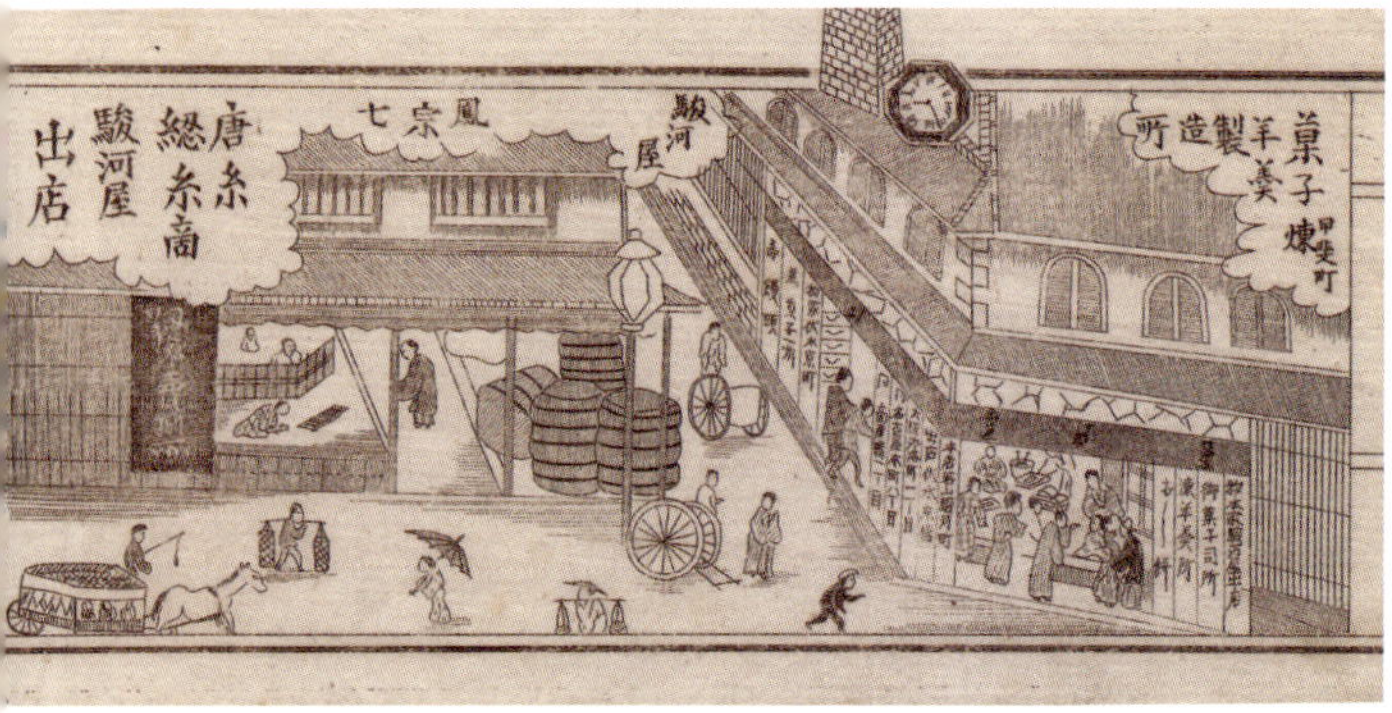


右側《みぎがわ》の大《おお》きな店《みせ》が、晶子《あきこ》の生家《せいか》である駿河屋《するがや》。
(「住吉《すみよし》・堺名所《さかいめいしょ》并《ならびに》豪商案内記《ごうしょうあんないき》」(駿河屋《するがや》) 堺市立中央図書館所蔵《さかいしりつちゅうおうとしょかんしょぞう》)

子育《こそだ》てをしながらさまざまな分野《ぶんや》で活躍《かつやく》した与謝野晶子《よさのあきこ》。
(国立国会図書館所蔵《こくりつこっかいとしょかんしょぞう》)

## 新《あたら》しい文学《ぶんがく》への道《みち》をさがして

たくさんの本《ほん》をよんでいた晶子《あきこ》は、自分《じぶん》でも少《すこ》しずつ短歌《たんか》をつくるようになりました。内気《うちき》な性格《せいかく》で、積極的《せっきょくてき》に人《ひと》と交流《こうりゅう》することが苦手《にがて》な晶子《あきこ》でしたが、弟《おとうと》の鳳籌三郎《ほうちゅうさぶろう》にさそわれて、堺敷《さかいしき》島会《しまかい》や浪華青年文学会《なにわせいねんぶんがくかい》に入《はい》って、短歌《たんか》や詩《し》などの作品《さくひん》を発表《はっぴょう》しました。

しかしはじめは、なかなか自分《じぶん》の思《おも》いどおりの作品《さくひん》がつくれませんでした。心《こころ》のなかにあふれる思《おも》いは、むかしのしきたりどおりの短歌《たんか》や詩《し》では表現《ひょうげん》できないと感《かん》じていたのです。そんなときに出《で》あったのが、のちの夫《おっと》となる与謝野鉄幹《よさのてっかん》の短歌《たんか》、そして島崎藤村《しまざきとうそん》や薄田泣菫《すすきだきゅうきん》の新体詩《しんたいし》でした。いま自分《じぶん》が考《かんが》えていること、感《かん》じたことをかざらない言葉《ことば》ですなおに表現《ひょうげん》するそれらの作品《さくひん》に、晶子《あきこ》は衝撃《しょうげき》をうけました。

一九〇〇年《ねん》、籌三郎《ちゅうさぶろう》と行《い》った浪華青年文学会《なにわせいねんぶんがくかい》の新年会《しんねんかい》で、晶子《あきこ》は河野鉄南《こうのてつなん》と出《で》あいます。礼儀正《れいぎただ》しく、女性《じょせい》だからと差別《さべつ》せず、誠実《せいじつ》に接《せっ》してくれた鉄南《てつなん》に晶子《あきこ》は心《こころ》をゆるし、たくさんの手紙《てがみ》をおくりました。その文通《ぶんつう》のなかで、鉄南《てつなん》は晶子《あきこ》に『明星《みょうじょう》』への作品《さくひん》の投稿《とうこう》をすすめます。『明星《みょうじょう》』は、鉄南《てつなん》の友人《ゆうじん》の与謝野鉄幹《よさのてっかん》が東京《とうきょう》につくった新詩社《しんししゃ》の機関誌《きかんし》です。鉄幹《てっかん》の短歌《たんか》に注目《ちゅうもく》していた晶子《あきこ》にとってはうれしい話《はなし》でした。さっそく投稿《とうこう》した作品《さくひん》は『明星《みょうじょう》』で発表《はっぴょう》され、晶子《あきこ》は鉄幹《てっかん》と直接《ちょくせつ》やりとりをするようになりました。

東京新詩社《とうきょうしんししゃ》は、東京都《とうきょうと》の渋谷《しぶや》にあった。現在《げんざい》はあと地《ち》であることをしめす柱《はしら》がたつ。

## 運命《うんめい》の人《ひと》・鉄幹《てっかん》とあう

その年《とし》の八月《がつ》、新詩社《しんししゃ》を世《よ》に広《ひろ》めるため、鉄幹《てっかん》が大阪《おおさか》に立《た》ちよりました。短歌《たんか》の指導《しどう》をしてくれている鉄幹《てっかん》が来《く》るというので、晶子《あきこ》も女中《じょちゅう》をつれてあいにいきました。はじめて鉄幹《てっかん》と直接《ちょくせつ》話《はな》した晶子《あきこ》は、情熱的《じょうねつてき》ですっきりとした身《み》のこなしの鉄幹《てっかん》に心《こころ》をうばわれます。おなじように、鉄幹《てっかん》と初対面《しょたいめん》だった山川登美子《やまかわとみこ》ともなかよくなり、三人《にん》は半月《はんつき》ほどのあいだに何回《なんかい》もあいました。

鉄幹《てっかん》は、古《ふる》い形式《けいしき》にとらわれず、自分《じぶん》の思《おも》いを自分《じぶん》の言葉《ことば》であらわすのが新《あたら》しい文学《ぶんがく》だと考《かんが》えていました。恋愛《れんあい》ははしたないことだとされていた時代《じだい》でしたが、自分《じぶん》の感情《かんじょう》のままに自由《じゆう》に人《ひと》を愛《あい》することはすばらしいと語《かた》りました。それは、しつけのきびしい家《いえ》で育《そだ》った晶子《あきこ》にとっては衝撃的《しょうげきてき》な考《かんが》えで、晶子《あきこ》は心《こころ》を強《つよ》くゆさぶられました。晶子《あきこ》は、鉄幹《てっかん》のことを短歌《たんか》の先生《せんせい》として尊敬《そんけい》しながらも、ひとりの男性《だんせい》として熱烈《ねつれつ》に恋《こい》するようになったのです。それは、登美子《とみこ》にとってもおなじでした。

晶子《あきこ》と登美子《とみこ》は、おたがいに鉄幹《てっかん》への恋心《こいごころ》をつのらせながら、競《きそ》いあうように美《うつく》しい短歌《たんか》をつくって『明星《みょうじょう》』の誌面《しめん》をかざりました。

晶子《あきこ》とともに、全盛期《ぜんせいき》の『明星《みょうじょう》』で活躍《かつやく》した山川登美子《やまかわとみこ》。結婚《けっこん》で一度《いちど》故郷《こきょう》にかえったが、生涯《しょうがい》をつうじて晶子《あきこ》と親《した》しくしていた。（山川登美子記念館所蔵《やまかわとみこきねんかんしょぞう》）

## 『みだれ髪』の出版

しかし、おなじ年の十二月、登美子は親の決めた結婚のため、故郷の若狭（福井県）へかえります。その後、鉄幹と晶子は恋愛関係になりましたが、晶子はなやみをかかえていました。鉄幹には、正式ではないものの妻と子どもがいたのです。晶子は、胸のうちをたくさんの短歌にしました。苦しい恋が、晶子の短歌をより情熱的でせつないものにしたのでした。

ただ、鉄幹と妻・林滝野の関係はあまりよいものではなく、鉄幹はのちに滝野と別れることになります。そして、滝野から鉄幹との仲をみとめる手紙をもらった晶子は、深くなやみながらも家をすて、上京することを決意しました。

そして上京してすぐの一九〇一年（明治三十四年）八月、とうとう晶子は自分の歌集『みだれ髪』を出版します。大たんな発想や言葉で、青春や恋、女性の美しさをおおらかにうたっているこの本は、まだ古い道徳観にしばられていた当時の文学界で問題にされます。しかし、世の中の若い人たちは晶子の歌に深く共感しました。十月には、晶子と鉄幹は正式に結婚します。翌年には長男の光も生まれました。

1933年に東京都・荻窪の自宅で撮影した晶子と鉄幹。（「与謝野晶子と鉄幹（寛）自宅にて」1933年　鞍馬寺所蔵　写真提供：堺市　与謝野晶子文芸館）

### 豆ちしき　『源氏物語』にかけた情熱

晶子は、長い年月をかけて『源氏物語』の現代語訳にとりくんでいました。一度目の原稿は一九一二〜一九一三年に出版されましたが、これは一部分の訳だったため、完全なものをめざしてふたたびとりかかりました。しかし、二度目の原稿は完成まぢかにして一九二三年の関東大震災で焼けてしまいます。晶子はおちこみましたが、また時間をかけて三度目の原稿をしあげ、一九三八年（昭和十三年）から翌年にかけて『新新訳源氏物語』全六巻を出版しました。

『みだれ髪』の表紙。内容の新しさをあらわすように、デザインも藤島武二にたのんで斬新なものにしてもらったという。（堺市　与謝野晶子文芸館所蔵）

# 君《きみ》死《し》にたま《も》ふ《う》ことなかれ

日露戦争《にちろせんそう》では、おもな攻撃手段《こうげきしゅだん》として大砲《たいほう》がつかわれた。
（防衛省防衛研究所所蔵《ぼうえいしょうぼうえいけんきゅうじょしょぞう》　写真提供《しゃしんていきょう》：アジア歴史資料《れきししりょう》センター）

そして日露戦争《にちろせんそう》がはじまった一九〇四年《ねん》（明治《めいじ》三十七年《ねん》）、晶子《あきこ》は『明星《みょうじょう》』誌上《しじょう》で「君死《きみし》にたま《も》ふ《う》ことなかれ」を発表《はっぴょう》します。自分《じぶん》を文学《ぶんがく》の道《みち》にすすませてくれた仲《なか》のいい弟籌三郎《おとうとちゅうさぶろう》が戦争《せんそう》にいき、晶子《あきこ》は心配《しんぱい》でした。その気持《きも》ちをせつせつとうたった詩《し》を、評論家《ひょうろんか》が「大《だい》たんすぎる」「危険《きけん》な思想《しそう》」と批判《ひはん》したのです。晶子《あきこ》はすぐに『明星《みょうじょう》』で「あれは歌《うた》です。本当《ほんとう》の心《こころ》をうたわない歌《うた》に価値《かち》があるでしょうか。忠君《ちゅうくん》愛国《あいこく》の言葉《ことば》のもとに死《し》ねという思想《しそう》のほうが危険《きけん》ではないですか」と反論《はんろん》しました。

# 『明星《みょうじょう》』の衰退《すいたい》とヨーロッパ旅行《りょこう》

一九〇五年《ねん》（明治《めいじ》三十八年《ねん》）に日露《にちろ》戦争《せんそう》が終《お》わると、文学《ぶんがく》にも新《あたら》しい動《うご》きが生《う》まれました。現実《げんじつ》の世界《せかい》をありのままにかくという自然主義《しぜんしゅぎ》です。『明《みょう》星《じょう》』のいきおいはおとろえ、若手《わかて》の文《ぶん》学者《がくしゃ》が一気《いっき》に脱退《だったい》して廃刊《はいかん》に追《お》いこまれました。もともと『明星《みょうじょう》』は赤字《あかじ》つづきで借金《しゃっきん》もしていましたが、ますます晶子《あきこ》ひとりで家計《かけい》をささえなければならなくなったのです。さまざまな文《ぶん》章《しょう》をかいていそがしくはたらきながら、晶子《あきこ》は十一人《にん》の子《こ》ども*を育《そだ》てあげました。

一九一一年《ねん》（明治《めいじ》四十四年《ねん》）、鉄幹《てっかん》は見聞《けんぶん》を広《ひろ》めるためにヨーロッパへわたります。そして翌年《よくとし》の五月《がつ》、晶子《あきこ》もパリへむかいます。文化《ぶんか》や芸術《げいじゅつ》、思想《しそう》を学《まな》びながら、ふたりはいろいろな国《くに》を旅行《りょこう》しました。

この旅行《りょこう》で、晶子《あきこ》は評論家《ひょうろんか》としての顔《かお》ももつようになりました。短歌《たんか》や詩《し》、童話《どうわ》などの創作活動《そうさくかつどう》をつづけながら、女性問題《じょせいもんだい》や社会問題《しゃかいもんだい》にかんする評論《ひょうろん》を発表《はっぴょう》したり、教育《きょういく》にたずさわったり、さまざまな活躍《かつやく》をしました。

そして一九四二年《ねん》（昭和《しょうわ》十七年《ねん》）五月《がつ》二十九日《にち》、六十五さいで晶子《あきこ》はその生涯《しょうがい》をとじました。

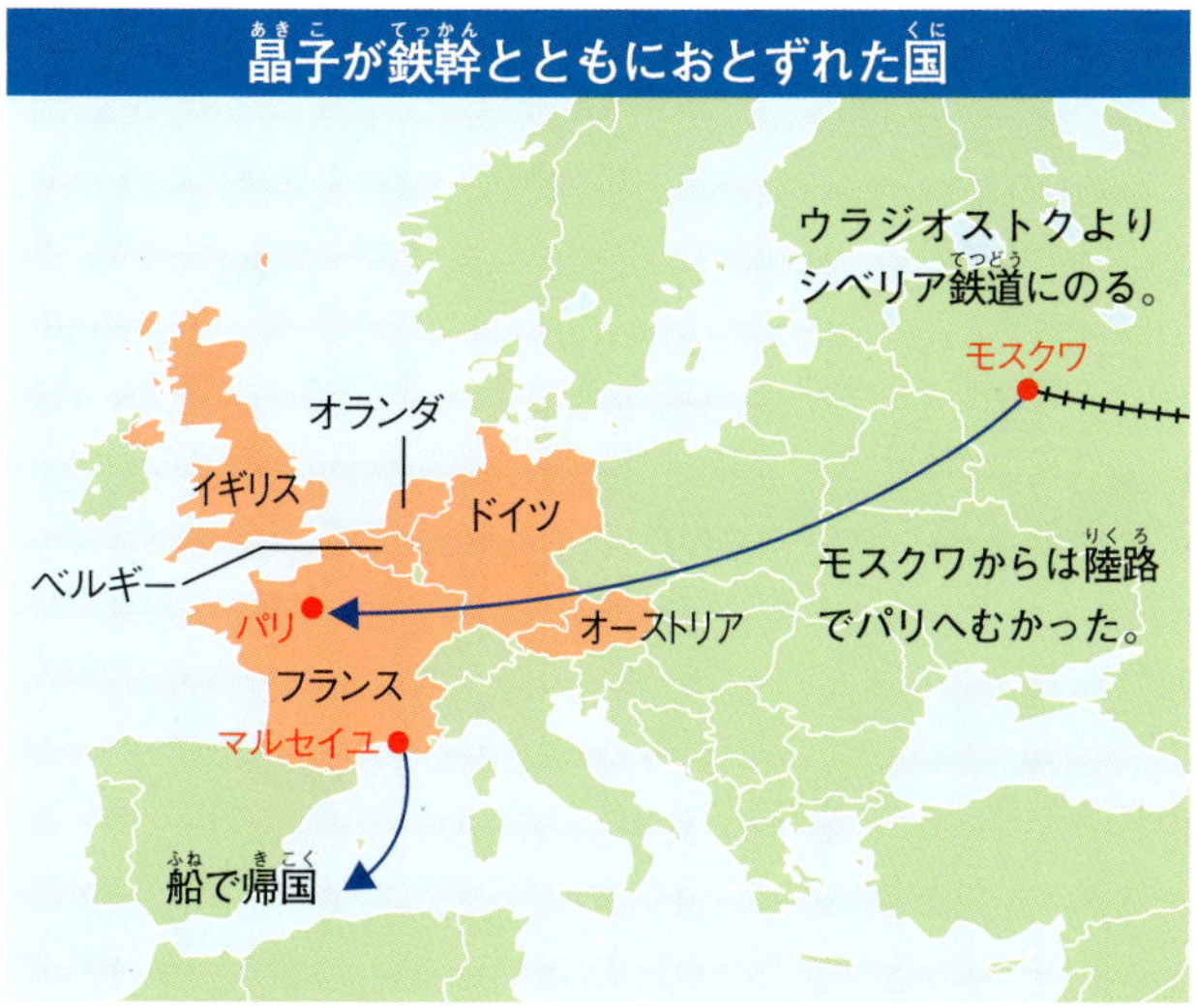

東京都《とうきょうと》の多摩霊園《たまれいえん》にある晶子《あきこ》の墓《はか》（写真右《しゃしんみぎ》）。左側《ひだりがわ》には夫鉄幹《おっとてっかん》の墓《はか》がたつ。

*晶子《あきこ》は13人《にん》を生《う》んだが、ひとりは出産《しゅっさん》のときに、ひとりは生後《せいご》2日でなくなった。

# 与謝野晶子《よさのあきこ》の作品《さくひん》・思想《しそう》

**与謝野晶子《よさのあきこ》は、短歌《たんか》、詩《し》、古典《こてん》の現代語訳《げんだいごやく》、評論《ひょうろん》、童話《どうわ》とさまざまな作品《さくひん》をのこしました。**

## 短歌《たんか》

晶子《あきこ》の短歌《たんか》のもっとも大《おお》きな特徴《とくちょう》は、その大《だい》たんでみずみずしい表現《ひょうげん》です。のちに夫《おっと》となる与謝野鉄幹《よさのてっかん》への思《おも》いをつづったものが多《おお》いのですが、当《とう》時《じ》は若《わか》い女性《じょせい》が恋愛《れんあい》のことを口《くち》にするのははずかしいことで、むしろしてはいけないこととされていました。このような時代《じだい》に自分《じぶん》の感情《かんじょう》をたいせつにし、自由《じゆう》な恋愛《れんあい》を作品《さくひん》にするのはとても勇気《ゆうき》のいることだったのです。しかし、晶子《あきこ》の短《たん》歌《か》は若《わか》い人《ひと》たちの共感《きょうかん》をよび、高《たか》い人気《にんき》をえました。

**清水《きよみず》へ祇園《ぎおん》をよぎる桜月夜《さくらづきよ》こよひ《い》逢《あ》ふ《う》人《ひと》みなうつくしき**

(桜《さくら》のさく月夜《つきよ》に清水《きよみず》へ行《い》こうと祇園《ぎおん》をとおると、桜《さくら》も月《つき》も美《うつく》しい。こんな夜《よる》にであう人《ひと》は、みんな美《うつく》しく見《み》えます)

**くろ髪《かみ》の千《ち》すぢ《じ》の髪《かみ》のみだれ髪《がみ》かつおもひ《い》みだれおもいみだるる**

(私《わたし》のゆたかな黒髪《くろかみ》がみだれるように、私《わたし》の心《こころ》もこの恋《こい》でみだれにみだれてしまいます)

**罪多《つみおお》き男《おとこ》こらせと肌《はだ》きよく黒髪《くろかみ》ながくつくられし我《わ》れ**

(罪《つみ》ぶかい男性《だんせい》をこらしめるために、私《わたし》のはだは美《うつく》しく、髪《かみ》はくろぐろと長《なが》くつくられたのです)

## 詩《し》

晶子《あきこ》は、生涯《しょうがい》に五万首《しゅ》もの短歌《たんか》をつくったといわれますが、詩《し》もつくりました。そのなかには、まずしかった与《よ》謝野《さの》家《け》の生活《せいかつ》の苦《くる》しさや現実《げんじつ》を見《み》つめて感《かん》じたこと、社会《しゃかい》を批判《ひはん》するものも多《おお》くあります。とくに有名《ゆうめい》なのは、日《に》露《ろ》戦争《せんそう》へ出兵《しゅっぺい》した弟《おとうと》を思《おも》ってつくられた、「君死《きみし》にたまふ《う》ことなかれ」です。これは戦争《せんそう》のおろかさ、かなしさをうたった詩《し》として、いまでも広《ひろ》くよみつがれています。

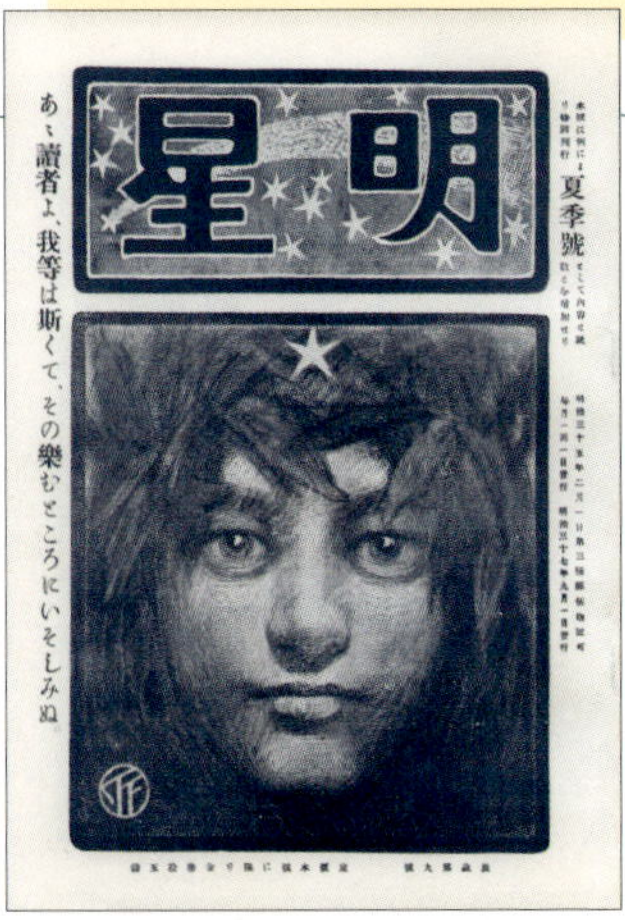


「君死《きみし》にたまふ《う》ことなかれ」が発表《はっぴょう》された『明星《みょうじょう》』(複製《ふくせい》版《ばん》)。(臨川書店刊《りんせんしょてんかん》)

## 古典《こてん》の現代語訳《げんだいごやく》

おさないころから父《ちち》があつめた古典《こてん》をよくよんでいた晶子《あきこ》は、平安時代《へいあんじだい》の文学《ぶんがく》の現代語訳《げんだいごやく》も手《て》がけました。とくに『源氏物語《げんじものがたり》』は一生《いっしょう》を通《つう》じて二十五回《かい》もよみとおしたといわれており、三回《かい》にわたって現代語訳《げんだいごやく》しました。完成《かんせい》した『新新訳源氏物語《しんしんやくげんじものがたり》』は、古語《こご》をそのまま現代語《げんだいご》にしたものではなく、晶《あき》子《こ》の解釈《かいしゃく》によってよみやすくくふうされています。それは、平安文学《へいあんぶんがく》の研究《けんきゅう》者《しゃ》に「この訳《やく》はどんな手引書《てびきしょ》もおよばないものをもっている。それは原作《げんさく》にあって、同時《どうじ》に新訳《しんやく》そのものにもある芸術的《げいじゅつてき》な魅力《みりょく》だ」と評価《ひょうか》されました。

『新新訳源氏物語《しんしんやくげんじものがたり》』の自筆原稿《じひつげんこう》。よりよい表現《ひょうげん》をもとめて修正《しゅうせい》したところなどが見《み》られる。（堺市《さかいし》　与謝野晶子文芸館所蔵《よさのあきこぶんげいかんしょぞう》）

## 評論《ひょうろん》

ヨーロッパ各国《かっこく》をまわり、新《あたら》しい思想《しそう》や西洋文化《せいようぶんか》を学《まな》んだ晶子《あきこ》は、帰国後《きこくご》に評論活動《ひょうろんかつどう》もおこないました。当時《とうじ》の政治問題《せいじもんだい》や社会問題《しゃかいもんだい》のほか、もっとも多《おお》くかいたのが女性《じょせい》の生《い》きかたについての評論《ひょうろん》です。晶子《あきこ》は、女性《じょせい》も幅広《はばひろ》い教育《きょういく》をうけ、国《くに》や男性《だんせい》に依存《いぞん》することなく経済的《けいざいてき》に自立《じりつ》すべきだなどと主張《しゅちょう》しました。また、**女性解放運動《じょせいかいほううんどう》**を進《すす》めた平塚《ひらつか》らいてう《ちょう》↓29ページとはげしい論争《ろんそう》もくりひろげました。男女平等《だんじょびょうどう》の世《よ》をのぞんでいた晶子《あきこ》の思想《しそう》は、現在《げんざい》でも見《み》おとりしないほど時代《じだい》を先《さき》取《ど》りしたものでした。

## 童話《どうわ》

晶子《あきこ》は、一九〇七年《ねん》（明治四十年《めいじよんじゅうねん》）から二十年以上《ねんいじょう》にわたって、百以上《いじょう》の童話《どうわ》や二百ちかくの童謡《どうよう》もかきました。そのころは子《こ》どもむけ雑誌《ざっし》が多《おお》くつくられた時代《じだい》でしたが、子《こ》どものためのよみものはあまりありませんでした。晶子自身《あきこじしん》も、自分《じぶん》の子《こ》どもたちに話《はな》してやれる物語《ものがたり》が少《すく》ないことにこまり、自分《じぶん》でつくりはじめたのです。晶《あき》子《こ》の童話《どうわ》は、教訓《きょうくん》を学《まな》ぶためのものではなく、明《あか》るくユーモアにあふれるものでした。また、語《かた》ってきかせるために、耳《みみ》できいたときにおもしろい擬音《ぎおん》やくりかえしが多《おお》くなっています。

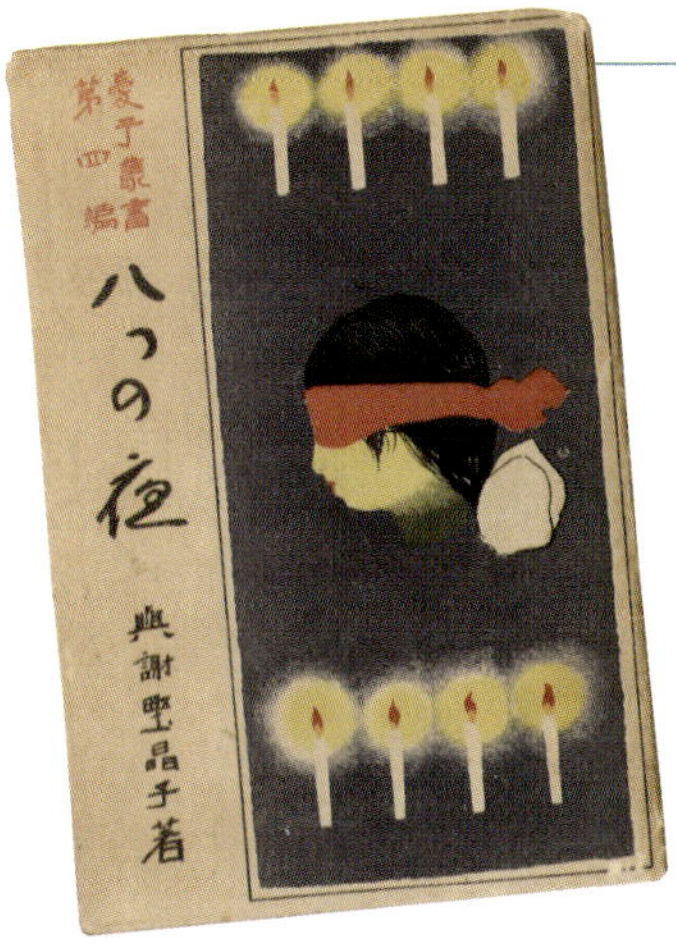

晶子《あきこ》がかいた長編童話《ちょうへんどうわ》『八《やっ》つの夜《よる》』。（堺市立中央図書館所蔵《さかいしりつちゅうおうとしょかんしょぞう》）

与謝野晶子《よさのあきこ》が生《い》きた

# 明治《めいじ》〜昭和《しょうわ》

**だれもが新《あたら》しい日本《にほん》をめざしたこの時代《じだい》には、欧米《おうべい》と肩《かた》をならべるために戦争《せんそう》もおこりました。**

## ふたつの戦争《せんそう》

晶子《あきこ》が生《い》きた十九世紀《せいき》のおわりごろ、自国《じこく》の勢力《せいりょく》をのばそうとする動《うご》きが世界的《せかいてき》に広《ひろ》がり、日本《にほん》も朝鮮《ちょうせん》の支配《しはい》権《けん》を清《しん》（中国《ちゅうごく》）とあらそっていました。二国《こく》の対立《たいりつ》のせいで政治《せいじ》や経済《けいざい》が混乱《こんらん》した朝鮮《ちょうせん》では、一八九四年《ねん》（明治《めいじ》二十七年《ねん》）、日本人《にほんじん》の追《お》いだしと減税《げんぜい》をもとめる農民《のうみん》の反乱《はんらん》がおこりました。これをきっかけとして日本《にほん》と清《しん》が朝鮮《ちょうせん》に兵《へい》をおくり、日清戦争《にっしんせんそう》がはじまります。翌年《よくとし》四月《がつ》、勝利《しょうり》した日本《にほん》は下関条約《しものせきじょうやく》をむすび、台湾《たいわん》や遼東半島《リャオトンはんとう》などを領土《りょうど》にしたほか、多《おお》くの賠償金《ばいしょうきん》をもらいました。

この戦争《せんそう》で朝鮮《ちょうせん》が独立《どくりつ》、大韓帝国《だいかんていこく》となりました。日本《にほん》はここから満州《まんしゅう》（中《ちゅう》国東北部《ごくとうほくぶ》）へ進出《しんしゅつ》しようとしましたが、大韓帝国《だいかんていこく》への進出《しんしゅつ》をねらうロシアとぶつかり、一九〇四年《ねん》（明治《めいじ》三十七年《ねん》）、日露戦争《にちろせんそう》がおこりました。日本《にほん》ははげしい戦闘《せんとう》で知《し》られる**旅順《リュイシュン》**の戦《たたか》いや、**東《とう》郷平八郎《ごうへいはちろう》**の指揮《しき》する艦隊《かんたい》が活躍《かつやく》した日《に》本海海戦《ほんかいかいせん》などで勝利《しょうり》しましたが、しだいに国内《こくない》では資金《しきん》や資財《しざい》がなくなってきました。ロシアでも革命《かくめい》がおこり、戦争《せんそう》をつづけられなくなりました。そのため、一九〇五年《ねん》（明治《めいじ》三十六年《ねん》）九月《がつ》、アメリカのなかだちで**ポーツマス条約《じょうやく》**がむすばれ、戦争《せんそう》が終《お》わりました。ロシアは日本《にほん》が大韓帝国《だいかんていこく》を支配《しはい》することをみとめ、日本《にほん》は樺太《からふと》（サハリン）の南半分《みなみはんぶん》、南満州鉄道《みなみまんしゅうてつどう》の権利《けんり》などを得《え》ました。しかし、賠償金《ばいしょうきん》はなかったため、苦《くる》しい生活《せいかつ》にたえてきた国民《こくみん》からは不満《ふまん》の声《こえ》があがりました。

**日露戦争後《にちろせんそうご》の日本《にほん》の領土《りょうど》**

## 晶子《あきこ》とおなじ時代《じだい》に生《い》きた人《ひと》びと

### 森鷗外《もりおうがい》（一八六二～一九二二年《ねん》）

島根県《しまねけん》津和野町《つわのちょう》出身《しゅっしん》の小説家《しょうせつか》。藩主《はんしゅ》のおかかえ医師《いし》をつとめる家《いえ》に生《う》まれ、東京大学医学部《とうきょうだいがくいがくぶ》を卒業《そつぎょう》して陸軍《りくぐん》の軍医《ぐんい》になった。ドイツに一八八四～一八八八年《ねん》にかけて留学《りゅうがく》し、衛生学《えいせいがく》などの医学《いがく》を学《まな》んで帰国《きこく》。日清《にっしん》・日露戦争《にちろせんそう》にも軍医《ぐんい》として参加《さんか》し、高《たか》い地位《ちい》にのぼりつめた。そのいっぽうで、小説《しょうせつ》や翻訳《ほんやく》などさまざまな創作活動《そうさくかつどう》をおこない、多《おお》くの作家《さっか》や歌人《かじん》と交友《こうゆう》をもった。

代表作《だいひょうさく》に『舞姫《まいひめ》』『山椒大夫《さんしょうだゆう》』などがある。

鷗外《おうがい》は、ドイツへ留学《りゅうがく》したときの体《たい》験《けん》をもとに『舞姫《まいひめ》』をかいた。（国立国会図書館所蔵《こくりつこっかいとしょかんしょぞう》）

### 石川啄木《いしかわたくぼく》（一八八六～一九一二年《ねん》）

岩手県《いわてけん》出身《しゅっしん》の歌人《かじん》・詩人《しじん》。中学《ちゅうがく》中退《ちゅうたい》後《ご》に上京《じょうきょう》するが、病気《びょうき》のためにいったん帰郷《ききょう》する。教師《きょうし》や新聞記者《しんぶんきしゃ》としてはたらいてから、ふたたび上京《じょうきょう》、新聞社《しんぶんしゃ》につとめながら一九一〇年《ねん》（明治《めいじ》四十三年《ねん》）に歌集《かしゅう》『一握《いちあく》の砂《すな》』を出版《しゅっぱん》。「ふるさとの訛《なまり》なつかし停車場《ていしゃば》の人《ひと》ごみのなかにそをききにゆく」などふるさとを思《おも》う歌《うた》が多《おお》い。肺結核《はいけっかく》のため二十七さいでなくなる。

啄木《たくぼく》が生前《せいぜん》に出版《しゅっぱん》した唯《ゆい》一《いつ》の歌集《かしゅう》『一握《いちあく》の砂《すな》』。死後《しご》に『悲《かな》しき玩具《がんぐ》』が刊行《かんこう》された。（石川啄木記念館所蔵《いしかわたくぼくきねんかんしょぞう》）

啄木《たくぼく》は『明星《みょうじょう》』に短歌《たんか》や詩《し》をおくっており、鉄幹《てっかん》や晶《あき》子《こ》に大《おお》きな影響《えいきょう》をうけた。（石川啄木記念館所蔵《いしかわたくぼくきねんかんしょぞう》）

### 平塚《ひらつか》らいてう《ちょう》（一八八六～一九七一年《ねん》）

女性差別《じょせいさべつ》をなくそうと活動《かつどう》した思想《しそう》家《か》。一九一一年《ねん》（明治《めいじ》四十四年《ねん》）に、日本最初《にほんさいしょ》の女性《じょせい》による女性《じょせい》のための文《ぶん》芸誌《げいし》『青鞜《せいとう》』をつくった。一九一九年《ねん》（大正《たいしょう》八年《ねん》）には市川房枝《いちかわふさえ》や奥《おく》むめおたちと新婦人協会《しんふじんきょうかい》を設立《せつりつ》し、女性《じょせい》のための高等教育《こうとうきょういく》や女性《じょせい》の政治参加《せいじさんか》などをもとめて積極的《せっきょくてき》に活動《かつどう》した。

女性《じょせい》の自立《じりつ》のために積極的《せっきょくてき》に活動《かつどう》した平塚《ひらつか》らいてう《ちょう》。（日本近代文学館所蔵《にほんきんだいぶんがくかんしょぞう》）

『青鞜《せいとう》』の創刊号《そうかんごう》の巻頭《かんとう》には、晶子《あきこ》の詩《し》がのせられた。表紙《ひょうし》の絵《え》をかいたのは、のちに高村光太郎《たかむらこうたろう》の妻《つま》となる長沼智恵子《ながぬまちえこ》。（日本近代文学館所蔵《にほんきんだいぶんがくかんしょぞう》）

## もっと知《し》りたい！ 与謝野晶子《よさのあきこ》

晶子《あきこ》ゆかりの場所《ばしょ》、近代文学《きんだいぶんがく》のことがわかる博物館《はくぶつかん》、晶子《あきこ》についてかかれた本《ほん》などを紹介《しょうかい》します。

資料館《しりょうかん》 博物館《はくぶつかん》

史跡《しせき》 遺跡《いせき》

与謝野晶子《よさのあきこ》についてかかれた本《ほん》

### 堺市立文化館《さかいしりつぶんかかん》 与謝野晶子文芸館《よさのあきこぶんげいかん》

まわりの人《ひと》への深《ふか》い愛情《あいじょう》にあふれた晶《あき》子《こ》の人生《じんせい》と、そのさまざまな活動《かつどう》をいまにつたえる資料《しりょう》や出版物《しゅっぱんぶつ》、直筆原稿《じきひつげんこう》などを展示《てんじ》している。また、晶子《あきこ》をはじめとする文学者《ぶんがくしゃ》の活動《かつどう》を支援《しえん》した小林天眠《こばやしてんみん》のコーナーももうけている。

〒590-0014

大阪府堺市堺区田出井町《おおさかふさかいしさかいくたでいちょう》1-2-200

ベルマージュ堺弐番館《さかいにばんかん》 堺市立文化館内《さかいしりつぶんかかんない》

☎072-222-5533

http://www.sakai-bunshin.com/akiko.php

原稿《げんこう》や短冊《たんざく》など、晶子《あきこ》の自筆資《じひつし》料《りょう》も多《おお》く展示《てんじ》している。

### 日本近代文学館《にほんきんだいぶんがくかん》

日本《にほん》の近代文学《きんだいぶんがく》の専門資料館《せんもんしりょうかん》。図書《としょ》や雑誌《ざっし》、原稿《げんこう》、写真《しゃしん》などさまざまな文学資《ぶんがくし》料《りょう》を収集《しゅうしゅう》・保存《ほぞん》・公開《こうかい》している。

〒153-0041

東京都目黒区駒場《とうきょうとめぐろくこまば》4-3-55

駒場公園内《こまばこうえんない》

☎03-3468-4181

http://www.bungakukan.or.jp/

展示室《てんじしつ》では、明治《めいじ》・大正時代《たいしょうじだい》に刊行《かんこう》された本《ほん》や、作家《さっか》の原稿《げんこう》、写真《しゃしん》など貴重《きちょう》な文学資料《ぶんがくしりょう》を見《み》ることができる。

※閲覧室《えつらんしつ》の利用《りよう》は18歳以上《さいいじょう》

### 永観堂《えいかんどう》（禅林寺《ぜんりんじ》）

紅葉《こうよう》の名所《めいしょ》として有名《ゆうめい》な寺《てら》。晶子《あきこ》と鉄《てっ》幹《かん》、登美子《とみこ》が三人《にん》で紅葉《こうよう》を見《み》におとずれ、そのあとに辻野旅館《つじのりょかん》にとまった。敷地内《しきちない》の放生池《ほうじょうち》の北側《きたがわ》に、晶子《あきこ》の歌碑《かひ》がある。

〒606-8445

京都府京都市左京区永観堂町《きょうとふきょうとしさきょうくえいかんどうちょう》48

☎075-761-0007

http://www.eikando.or.jp/

「もみじの永観堂《えいかんどう》」とよばれるほど、みごとな紅葉《こうよう》で知《し》られる。

### 『君死《きみし》にたもうことなかれ 与謝野晶子《よさのあきこ》の真実《しんじつ》の母性《ぼせい》』

著《ちょ》／茨木《いばらぎ》のり子《こ》

童話屋《どうわや》 2007年《ねん》

晶子《あきこ》の生《い》き方《かた》が好《す》きだったという詩人《しじん》の茨《いばら》木《ぎ》のり子《こ》さんによる伝記《でんき》。晶子《あきこ》の生涯《しょうがい》をまとめた、「詩人《しじん》の評伝《ひょうでん》シリーズ」の第《だい》三巻《かん》。

### 『与謝野晶子児童文学全集《よさのあきこじどうぶんがくぜんしゅう》』（全《ぜん》6巻《かん》）

著《ちょ》／与謝野晶子《よさのあきこ》 編《へん》／上笙一郎《かみしょういちろう》

春陽堂書店《しゅんようどうしょてん》 2007年《ねん》

晶子《あきこ》がのこした童話《どうわ》や少女小説《しょうじょしょうせつ》、童謡《どうよう》など、子《こ》どものためにかいた作品《さくひん》がおさめられたシリーズ。

# さくいん・用語解説《ようごかいせつ》

■監修

**安田　常雄（やすだ　つねお）**

1946年東京都生まれ。東京大学大学院博士課程単位取得。経済学博士。現在、国立歴史民俗博物館特別客員教授。歴史学研究会、同時代史学会などの会員。『日本ファシズムと民衆運動』（れんが書房新社）、『戦後経験を生きる』（共編、吉川弘文館）、『日本史講座（10）戦後日本論』（共編、東京大学出版会）など著書多数。

■文（2～21ページ）

**西本　鶏介（にしもと　けいすけ）**

1934年奈良県生まれ。評論家・民話研究家・童話作家として幅広く活躍する。昭和女子大学名誉教授。各ジャンルにわたって著書は多いが、伝記に『心を育てる偉人のお話』全3巻、『徳川家康』、『武田信玄』、『源義経』、『独眼竜政宗』（ポプラ社）、『大石内蔵助』、『宮沢賢治』、『夏目漱石』、『石川啄木』（講談社）などがある。

■絵

**宮嶋　友美（みやじま　ともみ）**

1975年生まれ、2児の母。イラストレーター、挿絵画家、絵本作家。著書に『あかどん あおどん きいどん』、『みかづきいけのカッパ』、『そばだんご』、『つぶときつねのはしりっこ』（アスラン書房）などがある。広告なども手がけている。

■主な参考図書


『新装　世界の伝記47　与謝野晶子』著／桂木寛子　ぎょうせい　1995年

『年表作家読本　与謝野晶子』編著／平子恭子　河出書房新社　1995年

『与謝野晶子』著／松村由利子　中央公論新社　2009年

『山川　詳説日本史図録』（第3版）編／詳説日本史図録編集委員会　山川出版社　2010年



企画・編集　こどもくらぶ

装丁・デザイン　長江　知子

DTP　株式会社エヌ・アンド・エス企画

よんで しらべて 時代がわかる　ミネルヴァ日本歴史人物伝

与謝野晶子

――情熱をうたいあげた歌人――

2012年3月10日　初版第1刷発行　　検印廃止

定価はカバーに表示しています

監修者　安田常雄

文　西本鶏介

絵　宮嶋友美

発行者　杉田啓三

印刷者　金子眞吾

発行所　株式会社　ミネルヴァ書房

607-8494　京都市山科区日ノ岡堤谷町1

電話 075-581-5191／振替 01020-0-8076





印刷・製本　凸版印刷株式会社

ISBN978-4-623-06192-1

NDC281/32P/27cm

Printed in Japan

よんでしらべて 時代がわかる
## ミネルヴァ 日本歴史人物伝

### 卑《ひ》弥《み》呼《こ》
監修 山岸良二　文 西本鶏介　絵 宮嶋友美

### 聖《しょう》徳《とく》太《たい》子《し》
監修 山岸良二　文 西本鶏介　絵 たごもりのりこ

### 中《なかの》大《おお》兄《えの》皇《おう》子《じ》
監修 山岸良二　文 西本鶏介　絵 山中桃子

### 聖《しょう》武《む》天《てん》皇《のう》
監修 山岸良二　文 西本鶏介　絵 きむらゆういち

### 紫《むらさき》式《しき》部《ぶ》
監修 朧谷寿　文 西本鶏介　絵 青山友美

### 平《たいらの》清《きよ》盛《もり》
監修 木村茂光　文 西本鶏介　絵 きむらゆういち

### 源《みなもとの》頼《より》朝《とも》
監修 木村茂光　文 西本鶏介　絵 野村たかあき

### 足《あし》利《かが》義《よし》満《みつ》
監修 木村茂光　文 西本鶏介　絵 宮嶋友美

### 雪《せっ》舟《しゅう》
監修 木村茂光　文 西本鶏介　絵 広瀬克也

### 織《お》田《だ》信《のぶ》長《なが》
監修 小和田哲男　文 西本鶏介　絵 広瀬克也

### 豊《とよ》臣《とみ》秀《ひで》吉《よし》
監修 小和田哲男　文 西本鶏介　絵 青山邦彦

### 徳《とく》川《がわ》家《いえ》康《やす》
監修 大石学　文 西本鶏介　絵 宮嶋友美

### 春《かす》日《がの》局《つぼね》
監修 大石学　文 西本鶏介　絵 狩野富貴子

### 杉《すぎ》田《た》玄《げん》白《ぱく》
監修 大石学　文 西本鶏介　絵 青山邦彦

### 伊《い》能《のう》忠《ただ》敬《たか》
監修 大石学　文 西本鶏介　絵 青山邦彦

### 歌《うた》川《がわ》広《ひろ》重《しげ》
監修 大石学　文 西本鶏介　絵 野村たかあき

### 坂《さか》本《もと》龍《りょう》馬《ま》
監修 大石学　文 西本鶏介　絵 野村たかあき

### 西《さい》郷《ごう》隆《たか》盛《もり》
監修 大石学　文 西本鶏介　絵 野村たかあき

### 福《ふく》沢《ざわ》諭《ゆ》吉《きち》
監修 安田常雄　文 西本鶏介　絵 たごもりのりこ

### 伊《い》藤《とう》博《ひろ》文《ぶみ》
監修 安田常雄　文 西本鶏介　絵 おくやまひでとし

### 板《いた》垣《がき》退《たい》助《すけ》
監修 安田常雄　文 西本鶏介　絵 青山邦彦

### 与《よ》謝《さ》野《の》晶《あき》子《こ》
監修 安田常雄　文 西本鶏介　絵 宮嶋友美

### 野《の》口《ぐち》英《ひで》世《よ》
監修 安田常雄　文 西本鶏介　絵 たごもりのりこ

### 宮《みや》沢《ざわ》賢《けん》治《じ》
文 西本鶏介　絵 黒井健

27cm　32ページ　NDC281　オールカラー
小学校低学年～中学生向き

# 日《に》本《ほん》の歴《れき》史《し》年《ねん》表《ぴょう》

| 時代《じだい》 | 年《ねん》 | できごと | このシリーズに出《で》てくる人物《じんぶつ》 |
|---|---|---|---|
| 旧石器時代《きゅうせっきじだい》 | 四〇〇万年前《まんねんまえ》～ | 採集《さいしゅう》や狩《か》りによって生活《せいかつ》する | |
| 縄文時代《じょうもんじだい》 | 一三〇〇〇年前《ねんまえ》～ | 縄文土器《じょうもんどき》がつくられる | |
| 弥生時代《やよいじだい》 | 前《ぜん》四〇〇年《ねん》ごろ～ | 稲作《いなさく》、金属器《きんぞくき》の使用《しよう》がさかんになる<br>小《ち》さな国《くに》があちこちにできはじめる | 卑弥呼《ひみこ》 |
| 古墳時代《こふんじだい》 | 二五〇年ごろ～ | 大和朝廷《やまとちょうてい》の国土統一《こくどとういつ》が進《すす》む | |
| 飛鳥時代《あすかじだい》 | 五九三 | 聖徳太子《しょうとくたいし》が摂政《せっしょう》となる | 聖徳太子《しょうとくたいし》 |
| | 六〇七 | 小野妹子《おののいもこ》を隋《ずい》におくる | |
| | 六四五 | 大化《たいか》の改新《かいしん》 | 中大兄皇子《なかのおおえのおうじ》 |
| | 七〇一 | 大宝律令《たいほうりつりょう》ができる | |
| 奈良時代《ならじだい》 | 七一〇 | 都《みやこ》を奈良《なら》（平城京《へいじょうきょう》）にうつす | |
| | 七五二 | 東大寺《とうだいじ》の大仏《だいぶつ》ができる | 聖武天皇《しょうむてんのう》 |
| 平安時代《へいあんじだい》 | 七九四 | 都《みやこ》を京都《きょうと》（平安京《へいあんきょう》）にうつす<br>藤原氏《ふじわらし》がさかえる<br>『源氏物語《げんじものがたり》』ができる | 紫式部《むらさきしきぶ》 |
| | 一一六七 | 平清盛《たいらのきよもり》が太政大臣《だいじょうだいじん》となる | 平清盛《たいらのきよもり》 |
| | 一一八五 | 源氏《げんじ》が平氏《へいし》をほろぼす | |
| 鎌倉時代《かまくらじだい》 | 一一九二 | 源頼朝《みなもとのよりとも》が征夷大将軍《せいいたいしょうぐん》となる | 源頼朝《みなもとのよりとも》 |
| | 一二七四 | 元《げん》がせめてくる | |
| | 一二八一 | 元《げん》がふたたびせめてくる | |
| | 一三三三 | 鎌倉幕府《かまくらばくふ》がほろびる | |
| 南北朝時代《なんぼくちょうじだい》 | 一三三六 | 朝廷《ちょうてい》が南朝《なんちょう》と北朝《ほくちょう》にわかれ対立《たいりつ》する | |
| | 一三三八 | 足利尊氏《あしかがたかうじ》が征夷大将軍《せいいたいしょうぐん》となる | |
| | 一三九二 | 南朝《なんちょう》と北朝《ほくちょう》がひとつになる | 足利義満《あしかがよしみつ》 |